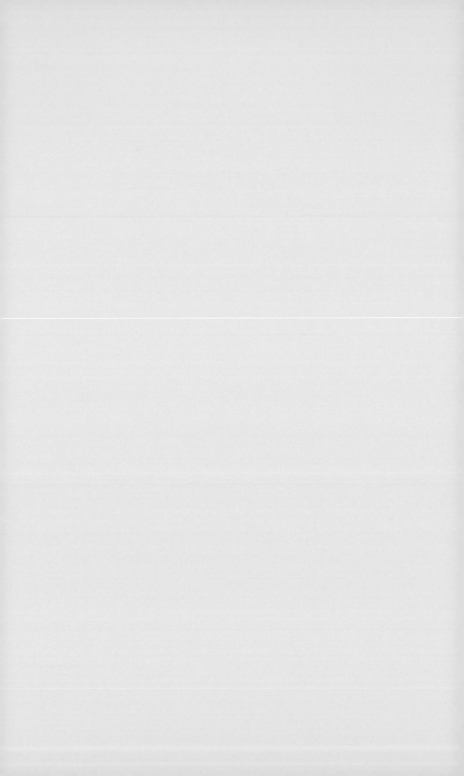

바다는 한가지 소리만 낸다

이기영 시인

시음사
시사랑음악사랑

바다가 키워낸 시인 이기영

생텍쥐페리의 "어린왕자" 中에 보면 이런 글이 있다. "세상에서 가장 어려운 일 뭔지 아니?" 톰 "글쎄요, 돈 버는 일? 밥 먹는 일?" 〈세상에서 가장 어려운 일은 사람이 사람의 마음을 얻는 일이란다. 각각의 얼굴만큼 아주 짧은 순간에도 각양각색의 마음속에서 수만 가지의 생각이 떠오르는데, 그 바람 같은 마음을 머물게 한다는 건 정말 어려운 거란다.〉 라는 글귀가 생각나게 하는 이유는 아마도 이기영 시인의 첫 시집 출간 소식을 들어서 일 것이다.

이기영 시인의 작품을 읽다 보면 아름다운 가을 하늘처럼 청명함으로 다가온다. 밤이면 이슬을 머금고 낮에는 햇살에 제 몸을 태워가며 우리들의 마음의 고향을 수놓은 들꽃처럼 하나에서 여럿이 모여 그 소박하면서도 화려하지 않은 그래서 더 아름답고 은은한 그리움으로 남는 들꽃 같은 詩 심이 시인의 사고와 자아를 담아내고 있기에 그런지도 모르겠다.

수천수만 가지 생각을 하는 독자 앞에 자신의 작품을 선보이면, 생텍쥐페리의 글처럼 독자의 마음을 사로잡을 수 있을 것이며, 누구나 공감대가 형성되는 그러면서도 시원함을 느낄 수 있을 것이다. 아마도 바다가 키운 시인, 바다가 대신 시를 써주는 시인이기 때문일 것이다. 잔잔하면서도 가끔은 모든 것을 집어삼킬 듯한 힘으로 다가오는 작품들이 이기영 시인의 작품 세계일 것이다.

저 넓고 끝없는 바다에 대한 동경심이 키워낸 이기영 시인 참 많은 문학인이 부러워할 지역에서 집필하는 시인이다. 그가 이제 독자들에게 문인으로서의 사명감으로 다가섰다. 기대되는 시인이기에 즐거운 마음으로 추천한다. 2014년 대한문인협회 올해의 시인상에 선정되고, 이달의 시인, 금주의 시 등 대한문인협회에서 선정하는 상에는 빠짐없이 선정될 정도로 실력있는 시인이다. 독자와 교감하고 후배 시인들에게도 본보기가 될 수 있는 작품집 〈바다는 한가지 소리만 낸다〉가 어떤 소리를 내는지 독자들과 함께 정독해 볼 만하다.

사단법인 창작문학예술인협의회 이사장 김락호

시인의 말

샘물에서 내가 되어 흐르다 강을 앞두고 있습니다.
얼음을 깨고 산의 품에서 아침 해를 보았습니다.

해는 산에서 나서 산으로 가는 것이라 믿었습니다.
그러나 지나가는 구름이 전해줍니다.
해는 바다에서 뜬다고
목적지가 어딘지 확실치 않아도 첫 희망을 품었습니다.
잉태의 고통을 이해 못 하고 철부지의 마음으로
펜을 들었습니다.

흘러가면서 담기 시작하였습니다.
초봄의 매화향에 취했고
초가집 굴뚝과 언덕 향해 소를 몰고 가는 꼬마들
빨래하는 아낙네들을 보았고
벚꽃 비 맞으며 헤어지는 연인도 보았습니다.
모든 것이 제게는 표현이 되었습니다.
흘러오다 어느덧 강을 앞두고 있습니다.

고뇌의 시기와 함께 흘러
본 강으로 합류해야 하는 부담감에 흐름을 막아
연못을 만들어 바라보고 싶었습니다.
도도히 흐르는 강의 일부가 되어야 하지만
많이 부족한 탓입니다.
물결에 반사되는 해로 만족할까 생각도 합니다.
오늘도 밤은 어김없이 다음날 해를 잉태하려 준비합니다.

펜을 듭니다. 하얀 종이를 빼곡하게 채웁니다.
쓰다보면 나만의 해가 떠 오릅니다.
한번도 보지 못한 바다에서 해는 떠오를 것입니다.
다른 위대한 탄생은 계속 되겠지요.
샘물은 넘쳐 강으로 흘러 가야 하기에
많이 부족한 글을 용기내어 내놓습니다.

시인 이기영

목차

목차

목차

목차

제목 : 나만의 별에 갈 수 있다면
시낭송 : 최명자
스마트폰으로 **QR** 코드를 스캔하면
시낭송을 감상할 수 있습니다.

제목 : 바람 불 때면
시낭송 : 박순애
스마트폰으로 **QR** 코드를 스캔하면
시낭송을 감상할 수 있습니다.

바다는
한가지 소리만
낸다

별 뜨는 어부

별 환한 밤
단잠 든 그대 위해
쪽달을 타고
호숫물 찰랑찰랑 무리 별을
그물로 거두리다

물레 돌려 별실 뽑아
연서를 수놓고
꿈속에서 읽어 드리리다

남은 실
뜨개질한 손수건을
머리맡에 두리다

아침 햇살과 일어난 그대가
행복한 느낌 받는다면

밤 되어
호수 비친 하늘을 노 젓는 나는
그대 위해
별 뜨는 어부가 되리다

바다는 한가지 소리만 낸다

뱃사람은 말했지
해가 바닷속으로 빠질 때
물속에서 거품소리 난다고
귀 기울이니 그런 것 같았어

뱃사람은
달이 바다에서 떠오를 때
물 가르는 소리 난다고
들어보니 같은 소리였다

왜 그런지 묻자
미소만 지을 뿐이다

어떤 가슴으로 이야기 걸던
바다는 한가지 소리로 받아들이고
내뱉는다는 것을
뱃사람은 이해시키려 노력하지 않는다
무심하듯 수평선을 바라본다

꽃능

그대와 익숙했던 계절이 돌아오면
떨어진 꽃 이파리 모으리다

가시려다 꽃 내를 기억한다면
발자국마다
꽃능을 만들어 놓으리다

걸음걸음
밟을 때
신발 묻을까 무명천을 깔아 드리리다

두껍등 된 손등이라 머뭇거리지 마오.
꽃 가시 찔려 배여나는 핏물은
아프면 그만인 것을
다시 못 봐 샘솟을 비련과 어찌 비교하겠소

뿌리쳤던 손길 거두어 준다면
묻은 꽃진
하얘지지 않아도 한 마음으로 간직하겠소.

간이역

까만 산자락 간이역
잡초 인 지붕과
현관문 채운 녹슨 자물쇠

광부였던 사람들이
떠나야만 했을 때
배웅하던 곳

기적 소리와 마지막 기차가 떠나자
백발의 역무원은
울먹이며 경례를 붙혔다지

대기실 의자와
뒹구는 열차표마다
쌓인 먼지

더 녹슨 기찻길따라
침목은 갈라지고
봉선화는
깨진 유리창에 얼굴을 비친다

접시꽃

쪽 찐 머리 수건 두르고
펌프질 소리 내며 아침을 열었어요

눈 비비며 일어나 문 열면
밥 짓던 연기가 마당에 깔리고

뒤 안의 까만 고무통
감자 삭히는 냄새
외양간 여물내
당신의 익숙한 체취였지요

새참 이고
양은 주전자 들고 앞에 선 아이
머리만 쓰다듬던 당신

치맛단 끝 끌릴까
삼베 끈으로 묶고
모시 저고리 고왔던 당신

이별을 모르실 적 떠나셨을 때
사립문 옆 접시꽃은 활짝 피었지요

동그라미

비 내리면 말랐던 풍경들은
점점 젖어들고
시냇물에서
빗방울들 그리는 동그라미들

무슨 사연 그리 많았을까
찰나의 시간을 틈타 내뱉고
잔너울 만들다
뒤이은 동그라미에 자리를 내준다.

실비가
우산에서 소리 내는 것처럼
눈물도 지난 소리를 내면

물빛 맺혔던 눈매를 떠올리고
언저리부터 밀려오는
동그라미까지 담는다

그대는 물새였나요

그대는 물새였나요?
그대를 사모하다 흘린 눈물
안으로 고여 호수가 되었지요

조약돌 던져도 아파 않는 호수요
흔드는 손바람에도 넘칠 호수입니다

부디
한 점 구름처럼 날지 마오

부여안고 싶어도
참아
뒷모습만 보고 애태우기 싫거든요

지평선 넘을 듯 날갯짓하다 힘들면
언제든 되 오세요

떨어진 깃털들이 물 주름 일으켜도
다시 올 희망을 준다면
품 가득 안고픈 나는 호수요
그대만의 호수입니다

소녀와 자전거

느티나무 그늘 평상에서 책을 읽을 때
밀짚모자 쓴 소녀가 자전거 타고 지나간다.

들꽃 핀 들녘 향해
산들바람 몸 맡기듯
원피스 자락을 팔락인다

은색 바퀴살 따라 풀빛이
둥글게 반사되자
풀대의 나비도 놀란 듯 날개를 퍼득인다

소녀와 자전거는
익숙하였던 풍경되어
까만 교복의 소녀가 손을 흔든다

청순한 미소가 뒷안장에서 등으로
체온되어 옅은 그리움 되었다

소녀와 자전거는
노을 속으로 작은 점 되어 가고
책갈피에는 풀꽃이 끼워진다.

허수아비

첫 서리 깔린 빈 논에서
외다리 허수아비

참새는 이삭을 주워 먹고
밀짚모자에서 놀다
마을쪽으로 날아가고

해진 옷자락 지푸라기 끝마다
매달린 이슬은
햇살을 머금고 반짝인다

별빛으로 엮었던
볏짚 가슴은
들바람 불어 쓰러질 운명을 예감하듯

모닥불의 한 줄기 연기를 동경하며
뜨거운 피가 돌았던
옛이야기를 들려주고 있었다

외등대

광활한 바다
헤쳐가는 작은 배 한 척
너를 위한 등대가 되리다

먼동 틀 때까지
암초 부딪힐까 걱정되어서다.

한 몸 태워 비추는 불빛을
몰라도 야속해 않으리

이정표 따라 울리는 너의 뱃고동을
그리움으로 남긴 탓이다

새벽의 별처럼 가버려도
불빛 보고 되돌아 볼까
희망을 품은 등대이다

한 송이 코스모스

꽃 무리 물결치는 강둑에서
다가서면 물러서
고개 숙인 소녀가 있었다.

하늘빛 닮아
화폭에 담으면
흰 구름 물든 연분홍 노을이었을 거야.

타오르는 꽃불에도
버림받은 과거를 되 뇌이고
외로운 기도
애처로워 첫 순정을 바치고 싶었다

물색 도는 얼굴
까만 머리 털어내고
몸을 더 까맣게 태워 스러졌지

너는 코스모스야
바람으로 다가갈께

감싸 불어
아릿하게 아프면
널 향한 마음으로 알아주렴

가슴속에서는

우리에게 가슴이 있습니다
사랑을 채우던
눈물을 채우던
공허를 채우던
늘 채워 지지요

봄볕 쬐면 보고픔이
낙엽 보면 외로움을
첫눈 맞으면 옅은 희망이
추억이란 모습으로 살아납니다

아무리 덜어내도 바닥이 드러내지 않고
아무리 채워도 채워지지 않고
아무리 말라도 물기가 스며나는
우리들 가슴입니다

내 안의 작은 별

너 옆에 서성일 때 있었지
내가 누군지 몰라도
의식하지 않아도 좋았거든

너를 생각하면
아직도 젖는 것은

슬플 때 끌어들인
별이어서
반짝일 때마다 찌르나 봐

미안해하지 마
너는 작은 별이야
여전히 빛나서 고마울 뿐이야

나에게 섬이 있다면

밤하늘 어린 왕자가 사는 별 있다지
바오밥 나무뿌리에
쪼개질까 걱정하는 별이지만
몇 분마다 자전하여
석양의 풍경을 마음껏 볼 수 있다지

내게 작은 섬 있었으면 좋겠다
한 시간 정도면 일주할 수 있는 섬
하루에 한 번 일출과 일몰을 볼 수 있고
파도소리와 물새 소리만 들리는 곳이면 돼

외로우면 어찌하냐고?
해류따라 육지의 씨앗들이 밀려올 거야,
섬 곳곳에 심으면 뿌리박고 피어나겠지.

나무들이 자라면 햇살 가릴 그늘도 생기고.
꽃 피면
저마다 특유의 향을 맡을 수 있겠지

섬에서 살고 싶은 이유를 다시 묻는다면,
별을 세고
별들에게 이야기 걸다
별빛에 싸여 잠든 기억 탓이야

내게 작은 섬 있으면 좋겠어
별들만 조롱조롱 감싸는 섬이면 좋겠다

추억의 뱃사공

나는 뱃사공입니다.
밤바다 떠가는 뱃사공입니다.

수평선 숨을 듯 별 향해
꽃 부는 바람이
돛을 감쌀 때 배를 띄웁니다.

짊어진 짐을 잠시 내려놓고
별을 따 주겠다는 소녀와의
약속 탓입니다

다가간들
수평선과 별도 더 물러나겠지만
푸르디푸른 소년의 꿈으로 가려 합니다.

오늘도 별은 빛납니다.
낡은 사진의 소녀도 손짓합니다

노 저어 가야 할 나는 뱃사공입니다.
추억의 뱃사공입니다.

지난 아픔 있다면

지난 아픔 없다는 사람 있다면
자랑하는 사람 있다면
먹구름 낀 밤을 생각해 보세요

삭막하지 않은가요?
동굴 깊숙한 곳도
물방울 맺히는 종유석 있는 것을
하물며 추억거리 없는
과거를 아름답다 할 수 있는가요

이별 있다면
한순간만 아파하세요

되뇌다
누군가 위해 기도한 것으로
잔잔한 감동에 빠집니다
시간의 파고가 고통마저 희석 시키기 때문입니다

자! 아픔을 억지로 감추지 마세요
당신 밤하늘의 빛나는 별입니다

풀잎 이슬

새벽녘 가는 비 그치고 언덕길 풀숲
풀잎마다 이슬 맺혀 있어요.

영롱한 연두색 감도는
그곳을 걷다 그대 생각납니다.

이슬 같아
파르르 풀잎 결 이슬 같은 임이여

이슬 모다
손가락 끼워 주고 싶은 소망을
눈물겹다 거절하지 마세요.

물 보석 되어도
햇빛 쬐면 증발될 운명이라
눈물 훔쳐 풀잎 결 틔웠거든요.

그래요
머문 풀잎 이슬은
투명한 불꽃처럼 사랑할 제 뜻으로 알아주세요.
그대 향한 순정으로 알아주세요.

연못

사람 마음은 연못 같아서
서로 비춰 주지만
작은 조약돌 던져도 쉽게 여울지지

곧 잔잔해진다고
막 던지지 마
연못은 여울지게 하였던
모든 것을 간직하거든

어디 가셨나요

별 환한 밤
시냇물 건너고 싶어요
당신 손잡고 장난스레 물소리 내면서

업힌 등
땀 배여
축축한 체취가 싫은 듯 그리워요

드릴 것 없어도
짚 삼아 달빛 엮어 신발을 만들고
치맛감도 짜 드릴게요

흰머리 부끄러워 말아요
달 조각 깎아 비녀 만들고
달빛으로 염색하면 되잖아요

가시는 길 어두워
꽃등 만들고
발 젖을까 징검다리 놓은 건데

어디 가셨나요
어디 가셨나요

종이배

개 여울가에서
그림 일기장을 접은
종이배를 띄웠지

개울 거쳐
무수한 해와 달을 실어
바다 향해 떠내려 갔을 거야

그렸던
아이는
수평선 너머
남십자성 환한 그곳 향해

백발 성성한 늙은이 되어도
키를 잡고
힘찬 항해할 거야

달빛 버무린 시

아지랑이 피는 밭에서
씨 뿌릴 때 물씬물씬 흙 내

산 그림자 짙어지면
다섯 평 남짓 오두막
아궁이 솔가지 타는 소리

초승달 창문에 걸려
바이올린 현마다 달빛 칠해
활대로 켠다.

어둠속의 평화
밀려드는 고독

노트에서
달빛과 음으로 버무린 詩 한편 완성된다

여운

바람은
가만히 있는 것을 흔들고 지나간다

인연들도 지날 때
곱게 지나치지 않는다

바람은 소리를 남기지만
뒷모습은 보이지 않은데

그 사람은 지날 때
어찌 슬픈 뒷모습만 남길까

저물 때 그림자 가장 긴 것처럼
중년으로 갈수록 진해지는 여운…

책갈피

햇살을 짊어진 꽃들이
무거워 꽃비가 될 때
책갈피에 꽃 이파리 앉으면 털지 마세요
책을 가만히 덮으세요

꽃무늬 살짝 배여나면
상큼하다 느껴질 거예요

훗날
책을 펼치다
그림자 없이 말라 붙은 것을 본다면
봄날의 시 한 편으로 다시 읽겠지요

예쁘게 피었다

수많은 꽃이
계절의 끝 부분에서
앓는 소리 내지 않고 저버렸다

4월의 한때 이고
낙엽과 피어
낙엽 내와 어울린 햇내를 잊지 않았던가

서리 앉으면
차움을 전부인 양
마냥 웃기만 하는 철부지

예쁘게 피었다
홀로 피었다
아! 가엾게 피었다

풀잎 사랑

이별 있다면
풀밭의 풀잎들을 보렴

풀대가 이리저리 쏠리다
풀 끝이 드리워도
흙을 툭툭 털고 일어서잖아

격랑의 바다도
시간 앞에서 잔잔해지는 것처럼

아프면 아픈 대로
그리우면 그리운 대로
받아들이는 것이
풀잎 사랑이야

그리워만 할게요

그리워만 하겠어요
마주 서서 바라보다
못 잊어
그리워만 하겠어요

당신의 손길을
당신의 품을 늘 느끼고 싶지만
언제 비눗방울 될지 모르잖아요

자꾸 확인하는 것은
독한 외로움을
알기 때문이지요

어쩌다 미워지면
쉽게 잊을까
그리워
그리워만 할게요

시든 들꽃

낙엽 깔린 산길
들꽃들

서리 앉은
꽃줄기
꽃 이파리들

부름 따른 빈자리에서
굳은 풀색만 남기고
지나온 길
아쉬운 듯 잔향을 풍긴다

갈색 수의 걸칠
미래를 직감한 듯
야윈 얼굴 산빛으로 화장하고

해 따른 그림자 속으로
숨어든다

나만의 별에 갈 수 있다면

나만의 별에 갈 수 있다면
한 귀퉁이 한 뼘 꽃밭을 만들어
채송화 심으리다

미리내 물 양손 오므려
뿌려주면
땅을 덮고 하늘 향해 피는 꽃

메마른 대지에서
삶의 갈증을 목 축일 한 줄기 위안

꽃 결 맺힌 이슬과 손톱으로 짓이긴
꽃진으로 채색하고
충만한 희열을 품고 갈 수 있다면

향내를 담아 바람으로 머물다
밤 별 환한 꽃으로 피울
나만의 별에 갈 수 있다면

비 그치면

비 그치면 산책할까
촉촉한 숲길을

나뭇잎
풀잎마다 맺힌 빗물들이
산들바람 들어 마셔
떨어지고
햇살마저 소리를 비추면

속마음 고백하는
열아홉 소년의 떨리는 목소리일 거야

우리
비 그치면 산책할까
풀빛 자욱한 숲길을

맞잡은 손 따스하게
발자국 남기지 말고
파리한 양볼 발그레
잊었던 순정을 되살리려

싸리꽃

꽃을 부숴버린 싸리나무들은
낫으로 벨 때
소리를 내지 않아도
바람불면 엉간히 몸부림친다

지게진 어깨
저릿한 땀 내음
작은 산되어 내려온다

거친 손에 묶여
앞뜰 모퉁이 부서진 담 버티고
뒷간에서 햇살을 감고 기대서

문지방 넘어
말썽꾸러기들 종아리
검푸른 자국 내고 부러졌지

꽃으로 피고
아궁이 불꽃으로 피었다가

굴뚝 연기되어
중년의 추억으로 다시 피어나는
싸리나무 꽃

자목련

제비들이 지푸라기 물고
처마 밑을 들락거리고
자목련 송이송이 필 즈음

순이는 분첩 사러 읍내장 갈 양
진 다홍치마 오색 꽃신 예뻤다

댕기머리 참빗으로 빗어 내려
나귀 타고 오실 인연 손꼽다
옆집 오빠 가여워 잠 못 이루었다.

꽃 비 눈물
분 내음 배어 손등만 얼룩지고
몰래 사랑 지켜보며 탐스러웠지

꽃 나비 훨훨 언덕길
꽃가마 넘어 갈 때 아쉬운 듯
돌담을 굽어보며 지고 있었다.

오늘처럼
꽃그늘이 슬픈 날
자줏빛 아지랑이 되어 같이 지고 있었지

수선화

다가가시려면
물소리 내지 마소서
풀 끝을 다치지 않게 하소서
달빛을 밟아 그림자 지지 않게 하소서
단지 이슬로 다가가소서

가여워 흘린 눈물
제 얼굴 비친 옹달샘
흐려져도
미워하지 않을 때 피는 수선화

막 봉우리 펼치거든요

흘러가는 대로 가자

합쳐질 곳은 정해져 있지만
산허리 급류 뒤에 시냇물과 강물까지
굽이굽이 긴 여정
설레고 때로 거부하지 않았던가

땅의 끝을 지나 바닷내 풍길 때
새벽빛을 기억하면
고뇌 정도는 비워야 하겠다

흐르는 것을 의미로 삼고
화려한 영광이든
좌절이든
그곳으로 가까울수록 지났던 꿈이라는 것을

무겁게 가라앉아
고여 있으려
탁한 곳에서 발버둥 치지 말고

흐름에 맞추어 하나씩 비워 가며
낮은 곳으로 흘러가자

봄날 한 때

풀 엮은 모자
풀꽃 치장하고

누이 손 이끌려
뭉게구름 떠다니는 냇가를 건너

보리밭 두렁길
풀피리
피리리 피리리

동구 밖에서
장에 가신 엄마 기다리다

산딸기 따먹고 **빠**알간 입술
누이 팔베개 하며 잠들었던 봄날 오후

그들도 갈 곳은 안다

뒹구는
꽃 이파리를 쓸지 마라
바닥에 떨어졌다 지저분한 것 아니다

흑백의 계절 끝에서
찬란한 유채색 세상을
예고하지 않았던가

모든 것을 끝낸 뒤
부름을 받고 떠나는 자
갈 곳까지 아는 자
뒷모습까지 지켜봐 줘야 한다

바람과 멈추면
꽃봉분 만들어 돌아가도록
그들만의 자유를 존중하자

모르셨지요

모르셨지요
당신 위해 피었다는 것을

거리에서 나부껴도
저는
거리 풍경의 일부분일 거예요

수척해질까
햇살을 얼굴에 바르고
달빛을 입술에 바른 것을

당신과
당신이 걷는 거리는
제가 속한 세상 전부라는 것을
모르셨지요

돌아봐 줘요
한 번만 눈 마주쳐도 체취로 남겨
검버섯 피어
지는 날까지 행복할 거예요

그대를 보고 싶었어요

사랑한다 은연중 비쳤어요
대답 없었지만
서운하지 않았어요

돌아가는 모습을
바라보는 것으로
눈가는 촉촉해지고 애틋했거든요

실같은 인연의 끈으로
같은 세상을 살게 되어 행복했어요

어쩌다 그대와 마주치면
따뜻한 악수와
환한 미소를 짓고

수줍게
수줍게 고백할 거에요
보고 싶었다고

재회

아침 기차 차창에 기대
손 흔드는 조그마한 얼굴

레일 바깥 민들레는
가물가물 낮아지는 꼬리칸 보며
흔들려 이슬을 떨궜다

떠남을 몰라도
기차가 싣고 올 재회를 믿기에

다가오는
기적 소리에 설렘을
긴 여운의 기적 소리를
그리움으로 둥글게 엮었지

풀꽃 같은 아이

물가 작은 풀꽃을 사랑하고 싶다.

화려해서 아니라
향이 진해서 아니라
창백한 꽃 이파리 탓이다

풀잎 끈 팔찌마냥 동동 맨
여자아이가
냇가를 건너고 있다

물 표면에 부서지는 햇살
눈부신 듯 찡그린 얼굴

앙다문 입
스칠 때 풀잎 내음
아! 풀잎 내음

물이끼
발 미끄러지자
손잡아 주던 그 아이를
풀꽃으로 피워 사랑하고 싶다

첫 별이 떠오르거든

첫 별이 떠오르거든 날 생각해다오.
별 무리 싸여 빛나도 날 생각해다오.

환희의 첫 시절
타오르던 정열은 꺼지지 않았다

긴 터널의 끝
벽화가 된 미소
뒤안에 서서
사랑으로 충만하였던 시절을 잊지 않았다

가슴 아팠던 시절을 잊지 않았다
외로웠던 시절 또한 잊지 않았다.

별이 떠오르거든,
첫 별이 떠오르거든 나를 생각해다오.

편지지의 눈물 자국
달빛만 남은 유리잔,
먼지 쌓인 책갈피마다 마른 은행잎

겨울나무

눈 남은 들판에 한 그루 나무가 있었어요
커 가면서 세상과 담 쌓은 듯
차운 바람을 숙명처럼 받아들인 듯 하였지요.

가지 깃든 종달새가
둥지만 남기고 날아가자 마음을 닫아 버렸다 해요.
종달새들이 지저귀는 소리를 사랑하였나 봅니다

겨우내 얼었던 시냇물은 흐르고
복수초는 첫 꽃잎을 틔워도
겨울을 숙명처럼 받아들여 나무를 붓으로 그린다면
수묵화 같다 하겠지요

초봄 바위틈에서 억지로 자란 듯
몸 굽은 수양버들이 연두색 몸짓하며 춤추고 있었어요.
가지에 앉아 작은 새들이 지저귀고 있었지요

나무는 숨죽이고 보았어요
찬란한 가지에 깃들였던 종달새를 생각하였지요
가지마다 잎을 틔우고 싶은가 봐요.
꽃을 피우고 싶은가 봐요.

웅크리고 자학했던 과거에서
헤어나려는 듯 빈 가지를 바람에 흔들었지요.
또 아플까 봐 무심하게 대했던 새들을 깃들게 하려나 봐요

종달새를 원망하지 않고
그들의 비상을 받아들이기로 했어요.
작은 사랑이든 큰 사랑이던
이별은 아픈 것만 아니라는 것을

마음을 열고 햇살을 받아들이자
상처는 그리움으로 다시 아물기 시작하였어요.

앞으로 겨울나무는 잎을 틔울 수 있겠지요.
녹색 세상으로 동참하고
겨울을 떼어버리겠지요
쉬어가는 새들에게
마음을 주어도 아프지 않게 커 갈 거예요.
성숙하게 클 거예요.

눈꽃

낙엽 무더기 밑동 파묻힌 나무들이
화려한 신록의 꿈을 꾸는 중

산언덕 살짝 내린 눈발을
꽃 이른 바람은 마을까지 끌고 와

갈빛 풀대 마디마디,
빈 가지 겹겹이 두르고
雪 香까지 풍길 듯 시린 눈꽃들

떠오르는 해와
깨어난 그들은
간밤에 피어난 수정 같은 꽃잎에

마냥 설레다.
한 가닥 온풍이 불자 눈물만 흘린다

그 섬으로 가고 싶다

달빛 잔물결 퍼지는 해변에서
종이배를 띄운다.

수평선 가까스레
맞닿은 섬
에메랄드 빛으로 치장하고
나무와 풀밭으로 늘 푸른 곳

바위틈 목 축이는 옹달샘
열매로 연명할 수 있는 곳,

갈망마저 사치스럽고
이름 없어 누구도 찾지 못하는 곳으로

뱃고동 울리는 외항선 향해
손 흔들고
철새들도 쉬어가는 곳으로

사과꽃 필 무렵

사과꽃 만발한 과수원을
수채화 그리면
하얀 블라우스 여자아이

사과꽃 버무린 언덕에 앉아
사과꽃을 귓가 꽂고
별을 세었지

자잘한 꽃 이파리들이
눈 부시게 밤하늘 날려갈 때
꽃이고 싶어했다

꿈을 이루었다면
초승달 타고 밤하늘 떠가고 있을 거야
은하수에서 발 담그고
사과꽃 내 배인 손으로
해맑게 물장구치고 있겠지.

사람이기에 외롭다

사랑하여 사람이다
미워하여 사람이다
이별의 잔상을 남겨 사람이다

사람들과 부대끼며 산다면
접하는 일을
혼자만 겪는다는 생각 말자

사람의 마음이란 절대적이지 않아
스스로 아픔에서 멀어지려 한다

다가오는 외로움도 즐겨라
혼자를 감수할 수 있어 사람이다

별평선

너가 기쁘면
나도 기쁘고

너가 슬프면
나까지 슬픈 것은
가슴에 맺힌 물방울들이 너만 비쳤거든

별 빛나는 밤하늘
별 비치는 바다
서로 만나는 곳은 별평선

너와 만날 수 있다면
그곳은…

나리꽃

누이 손톱 봉숭아 꽃물 들일 때
나리꽃 만개했네
첫서리 지나도 꽃 자욱 품던 누이
풀꽃 되어 시집갔네

이웃집 머슴
청사초롱 나귀 앞세운 가마를
바라 안고 몇몇일 울었다네.

길섶에서
긴 목 내밀고 꽃이 되었네
눈물 뿌린 까만 자국 남겨 피었네.

고개 떨군 채 기다리다
다음 삶 기약하며 피고 지고 또 피었네

꼬부랑 할멈 된 누이가
지팡이 짚고
오솔길 걸어가네

치맛자락 붙잡을 양
몽우리마저 그리움을 살곳히 맺혀 피었네

산에서 온 사람

그는 산에서 왔다지.
그의 눈을 바라보면
너와집 처마끝 고드름 같았어

혼자 살면 외롭지 않나 하자
내가 산인데 짧은 대답과
산같은 침묵을 지켰지.

구름이
산봉우리 휘몰다 같이 떠나자 해도
손사래 칠 사람

가지마다 하늘을 이고
땅을 품은 소나무처럼 살다 산이 되었을 거야.

솔잎 끝 매달린 솔향 같은
산 내음이 풍겼으니까

아카시아 꽃 날릴 때

아카시아 꽃들이 아름아름 날린다
짧은 봄날 의미없이 피는 꽃은 없었다
새싹들도
열매들도
씨앗들도 그들의 유산

우리에게도
의미없는 순간 없었다
다가온 것을
끊임없이 지워야 했고 남겨야 했다

아카시아 나무 아래
연노란 눈보라
옛 영화를 간직하고 뒹구는 꽃 이파리들

나도
간직한 사연 하나 더 지우려
산산한 바람 따라
해 저문 들녘을 걷는다

감꽃 질 때

뒤안의 장독대 키 작은 감나무
막 핀 감꽃은

우물가에서 두레박으로
이야기 건져
재잘재잘 댕기머리 처녀들.

더 희어 사월 초파일
초로의 여인들이
합장하듯 까뭇까뭇 떨어진다.

꽃목걸이 만들 때
흙 묻을까 새 운동화 들고
밭두렁 걸어가던 여자아이

파릇한 열매가 열리고
아이의 목에서 꽃잎은 더 희게 빛난다

그림자

봉우리 걸친 해 그림자 길어지면
동행하면서 어땠는지
묻고 싶어

내가 밝아져 들뜨면
더 짙어졌고
어두우면 같이 옅어졌지

바람 따라 흔들려도
너는 흔들리는 시늉만 했지만
서운하지 않았어
산 그림자 드리워
없어지면서 슬퍼하지 않았으니까

달 밝은 밤
내 그림자 지면 어둠속의 작은 어둠으로
너는 또 어떤 대답할까

바람 불 때

산 넘은 바람에 꽃잎이 흔들린다
불면 부는 대로
같이 소리 낸다는 것은 순리

바람따라 몸을 맡기면
상처날 뿐 마음은 편하다

속을 헤집고 지나는
바람은 지나면 과거인 것을

부딪힐 때 놓아 버린들
초라하다 생각 말자

겨우내 말라붙은 가랑잎은
외로워도
마지막은
허공의 소리를 내지 않던가

풍경소리

탑돌이 하던
여인과
눈 마주친 스님은
속으로 울지만

당신이
감싸 안다 머물지 못해
떠나면

나는
되돌아 봐 달라
몸으로 웁니다

민들레의 전설

해변 바위틈에서
바람을 안고 삶을 시작한 민들레 있었지
짠내 파도 소리 전부로 알고 꽃을 피웠지

별빛 차운 밤
꽃대를 내밀어 수평선 봉곳 솟은 섬을 보았네

어스름한 섬 빛에 가슴이 멎을 것 같았어
첫 고백의 부끄럼도 모를 듯
파도 떠밀려 오길 꽃대를 흔들었지

밀릴 듯 섬은 늘 그 자리
무수한 달과 해를 그리움과 보내고
이슬을 엮었다

바람의 손짓따라 분신을 나부꼈어도
바다의 넓이는 그마저 거부했네
운명의 뜻에 따라 육신을 접어야 해
영혼도 쉬어야 해

섬은 모를 거야
어둠 건너 누가 자신을 그리워했는지

씨앗 하나라도
갈매기 날개 묻혀 섬에 닿는다면
피고 지고 노란빛으로 물들리라 기도해야지

산 마을에서

산자락 걸친 마을
한 마지기 밭과 방 두어칸 집에서

솔향 풍기는 난로에서
찻물 끓는 소리

뒤채 장작더미에서
참새들이
씨 옥수수 쪼아먹다 날아가고

처마끝 매달린 고드름
물 방울방울
김 서린 유리창 너울너울

저물 즈음
산사의 종소리가
어둠을 끌어 내리자

봉우리 숨어 있던 저녁달
살짝 고개 내민다

담쟁이

끊길 듯 줄기마다
갈색 물기가 돈다

시멘트 담을
가시철망을
피 한 방울 흘리지 않고
넘어서
뜨거운 태양을
움켜지며 끝을 향하던 잎사귀들

담이 있어도
벽 아니었던가
누구도 기대지 않아도
디딤 벽으로 만들고

더 오를 곳 없을 때야
응고된 까만 피를 멍울멍울 남긴 채
하늘 향해 흩어지는
담쟁이

비와 유리창

유리창
빗물이 만드는 물선 따라
그어지는 오선지

바랜 사진 한 장에
눈물도 같은 선을 그으면

티스푼의 커피 얼룩과
식은 커피잔

비는
소리를 내 음표를 붙인다

라르고
때로 모데라토

달빛 부으려나

뒤뜨락 담 달뜨면
물 항아리 달빛 띄워
꽃밭에 부으려나

희끗희끗 서툰 분
머릿결 동백기름 풍겨
어색했던 누이

새벽녘 갈증에
부르면
달빛 담아 떠다 주던 손길
토닥토닥 솔내 맡으며 다시 잠들었다

장독대 감꽃 떨어질 때
선잠 깨
섬돌에 앉아 있다가

가물 날
세 쌍 달무리처럼 오신다면
달꽃 꺾어 마중 나갈 거야

희망

시간이 간다는 것은
육신도 지쳐 간다는 것
마음은 쌓이는 것으로
더 지친다

그래도 힘 내는 것은
과거의 영광을 보며
나도 그랬었지
앞으로 그렇게 할 수 있어
위안하며
의지를 잃지 않는 탓이다

지구라는 별에서

별나라 어린 왕자 만나고 싶나요?
호기심 많고
질문 많았던 왕자

놀이터에서 노는 아이를 보세요
그들이 지구라는 별에 사는 왕자들입니다

푸른 별
다치기 쉬운 연약한 별
그 별에 사는 왕자들 위한다면

미움
몰이해
배척 따위가 끼어들 틈 어디 있나요

그들을 위해
지구는
사랑이 충만한 곳이어야
하지 않나요?

가을날 한 때

깊어가는 가을 냇가에는 버들치가 노닐고
억새가 나릿나릿 산마을,
언덕길 들국화 꺾던 아이

손바닥은 풀색 자국 생겼고
풋내가 풍기도록 꽃다발 엮었지.

굴뚝마다 연기가 피어나고
곧 마을을 감싸자
아이는 마을 향해 발걸음 재촉하였다.

사립문에 엉거주춤 서 있다
멋쩍은 듯 엄마에게 꽃을 내밀자
옷을 꽃물 들여 야단쳐도 못내 흐뭇한 미소.

아이는 밀린 숙제 끝내고 눈 비비다 잠들고.
초가지붕으로 뭇별들이 떨어질 때
마을 집집 불빛들은 꺼진다

머리맡 놓아둔 들국화는 엄마 품,
국향은 엄마 내음
아이는
꽃 모자 쓰고 꽃동산 뛰어다니는
꿈꾸고 있겠지

메밀꽃

가을은
먼 산부터 잎을 태워 내릴 때

나비는
안개를 날개 묻혀 날아오고

참새들도 구름을 물어
달빛 버무린 밭마다 뿌린다

산 마을 희부연 빛 싸여 가면
이른 새벽
외양간 새어 나오는 열 촉 전등불

흰 수건 머리 두르고
조리로 쌀 이는 어머니,
어머니의 흐뭇한 빛
이른 눈송이 되어 메워 간다

장미로 때리지 말라

가시 있는 장미로 때리지 말라
흉터가 생기면 꽃을 원망한다

우리들의 삶에서
숱한 이별들 있지 않던가
돌아서는 사람있다면
담담하듯 보내자

속 눈물이 정직한 것처럼
이슬 머금은 장미는 여전히 아름답다

끝 만남에서는
가시 뗀 장미를 당당하게 쥐어줘라

사랑받으며 피었던 꽃이다
흉터를 남기지 말라
부서지면 서로가 아프다

섬 아이의 기다림

부둣가 바라보던
아이가 발걸음 옮기네요
따라오는 반달도
처진 어깨 토닥거려 주고요

이른 눈발
까만 바닷가 덮을 때
엄마는 곧 오마 약속하였지요

거친 파도에도
뭍에서 엄마 목소리 들려올까
소라고둥으로 귀 기울였어요.

토끼풀꽃 목걸이 만들어
종이배 실려 보내고
눈가 꽃진 범벅였지요

수평선 가까스레 여객선 지나가네요
섬 아이의 바람을 모르는 듯
뱃고동 울리며 지나가네요

그녀와 만나는 밤

그녀를 만나는 밤은 포근합니다
어둠까지 친근한 것은
귓가를 맴도는 속삭임 탓인가 봐요

눈빛으로 혈관을 타고 짜릿해집니다
행복을 느낍니다.
그것을 사랑이라 하는 건가요?

진심이 느껴져 애틋하다가
손바람에 흔들리는 촛불처럼
불안합니다.

햇살을 반사하는 이슬처럼
빛나는 미소만 보여주고
사라질 것 같은 두려움 탓이지요

그래도
그녀와 만나는 밤은 행복합니다.
용기와 열정이 다시 느껴지거든요

이웃집 누이

절름발이 이웃집 누이
엉켜버린 머릿결 시든 꽃 치렁치렁

들판에서
꺾은 들꽃 손바닥은 까만 진투성이

꽃내가 너무 독해
씻지도 않는 거야
동네 아이들 놀리면 웃음만 지었다

담장에서 까치발하고 서서
일곱 살에서 멈춘 듯 눈물

틔우다 홀로 박제가 된 몽우리
외로움을 알았을까

강변에 놓인 까만 고무신,
흰 저고리 팔락팔락
파란 하늘 여울지며 뜨고 말았다

허공만 멍하니 맑은 눈
꽃이고 싶었을 거야
여인이고 싶었을 거야

그대의 바다

섬을 감싼 별들에
섬 그늘지면
바다를 건너고 싶어요

가로등 불빛따라
그림자 짙게 드리운 그대

떨군 눈물 파도에 실려서라도
구름으로 떠 빗방울 되서라도

발끝이라 적실까
손등이라 적실까 가고 싶습니다

섬 빛이 별 무리처럼 번지는 밤
옛 샹송만 남아있을 찻집에서
그대가 만든 바다를 건너고 싶습니다

친근한 사람

사막은
오아시스 있어 갈 만하고

바다는
섬 있어 떠다닐만하고

밤하늘은
별 있어 볼 만하지

언덕에 누워
눈 밑에 별을 매달고 있는 사람 있다면

그 사람 가슴에는
아직 오아시스가 있고
섬이 있는 거야
별이 있는 거야

하얀 들국화

옹달샘 달 드리우면
표주박으로 부어
달빛 먹고 피는 꽃 있었지

풀빛 자욱한 언덕에서
첫 몽우리는
여자아이 풀잎 미소

이슬 맺히면
물안개 닮은 꽃

차운 들녘 감싸다
다비식 끝에서 바람되어도
달 드리운 샘물 마시면
달빛 품고
다시 피어난다

사랑은 욕심 아니야

누군가 사랑한다고
자신에게 그 정도 아니라고
슬프다면
사랑을 앞세운 욕심 탓인지 되 새겨봐

사랑은 결코
소유하는 것
의심하는 것도 아니거든

둥지를 깃들려 놓고
쉴 수 있게끔 나두는 거야

따스함이 느껴진다면
다른 곳으로 날아가지 않겠지

사랑은 연약한 듯 해도
관심과
배려와
믿음으로 뒷받침 된다면
끊어지지 않을거야

눈꽃과 색소폰

앙상한 가지 두른 눈꽃이
햇살을 살짝 품을 때

아이가
고분 온정 고와 설렘 가졌지요

뚝뚝 물소리 내며
허물어 질 때
실망하듯 돌아섰지요.

아이는 어른이 되어
꽃잎 날리는 언덕에서 꽃 이파리 맞으며
색소폰 연주합니다.

음률 하나하나
잎 피운 나뭇가지 매달려
눈꽃들을 기억하게 하였지요

흰색 가득한 들판을 기다릴 거예요.
눈발이 빈 가지 둘러
눈꽃으로 피어날 때
다시 연주할 그 날을

봉숭아

길가 봉숭아꽃을 보면
손톱 물 들이고 싶다

산 그림자 마루 끝 머물면
늦은 낮잠 깨어난 아이
손톱마다 묶인 무명천

아야
아야 눈물지자
감나무 파란 열매는 피득피득 웃고

실을 풀 때
손톱에서 연분홍 꽃이 핀다.

새색시 연지곤지 어여쁘지
다독이면
엄마품에서 멋쩍은 웃음

피고 지고
허리 굽은 할머니가
맺힌 이슬 뚝뚝 떨구어 내고
빈 하늘 향해
지팡이 짚고 시들어간다.

그리움이란

그리움이란
그대를 회상할 때
빈자리가 커 보이는 것이지요

그리움이란
그대 한쪽에
지난 흔적 있길 바라는 욕심이지요

그리움이란
그리움이란
아직도 그대를 향한 미련인 것을

오늘도 아침 머무는 자리에서
이슬은 새벽을 간직하고 있었습니다

그대 모습을 비치길 바랬지만
말없이 그리움만 내려 비추며
난잎에 매달려 있습니다

상사화

당신 닮은 하늘은 푸릅니다.
잎사귀 보일 듯 그리웠어요.

사모하여도
탑돌이 하다
뒤돌아 볼 때 고개 숙였지요

운명을 짊어지고
일주문 앞에서 머뭇거립니다

풍경소리 울립니다
갈고리 같은 손모아 기도합니다.

재회를 허락지 않을 거면
사그라져 땅으로 떨어져
만날 거예요

썩어 재가 되었을
흔적이라도 만날 거예요.

바다가 그리웠습니다

바다가 그리웠습니다.
그대 탓에 겨울 바다가 그리웠습니다.

그대가 남긴 흉터를 지우다
아파
바다를 갔습니다.

모래톱 적시는
파도 소리에 묻혀 사그라지다
다시 쓰는 이름
그대가
내 안의 수평선 되었습니다

칭칭 감은 목도리 틈으로
차운 바람은
산산이 부서져 들어와도

둥지를 떠나지 못한
바닷새 되어 자취만 담습니다

아침 풍경

솔가지 태우자 굴뚝 연기는
미명을 희끗희끗 벗겨낸다

강가의 물안개는
햇살을 이다 버거워 깔려 가고
갈대밭 청둥오리들은
자금자금 수면을 밟으며 비상을 한다

잔설인 지붕
처마끝 고드름이 뚝뚝 아침 속으로
소리를 떨구자

이른 잠 깬 아이는
볼 시린 바람을 헤치고
비탈진 논두렁에서
짚 엮은 눈썰매를 탄다

별에 대한 견해

천문학자는 이야기한다
별은 큰 태양이라네.
멀리 있어 작게 보인다네

그곳으로 간다는 것은
시간과 육체에 얽매여 있는 사람은
의미가 없다 한다

시인은 이야기한다
별은 사람마다 있다네

공간의 별들은 가다보면 도착할 수 있지만
우리가 바라보는 별은
아무리 가도 멀어진다네
잡을 수 없어서
눈물에 가두며 아파할 뿐이라네

은하수 건넌 아이

별을 좋아했던 아이가
소원을 이루었다면
귀밑 머리카락 별 핀으로 치장하고
조약돌 던지겠지

물수제비 뜰 때마다
깜박깜박 별 그림자
정강이 걷고 소쿠리 뜨러 다니겠지

너 하나
내 것 하나
장난감 그릇에 담아 놓고 있을 거야

외딴 방에서 창백한 얼굴
파리한 입술
더 붉은 핏자국

비바람 몹시 불 때
은하수를 건넜으니까

흐르면 흐르는 대로

무더위도 이른 낙엽따라
물러설 준비하고
추위도 한풀 복수초에 힘을 꺾는 것은
계절을 따르는 것이다

거센 물살을 거슬러 걸으면
이끼 낀 돌부리에 넘어질 것을
인연에 연연하여 소용돌이 만들지 말고
흐름따라 몸 맡기고 하늘을 바라보자

하늘이 얼마나 아름다운지
뭉게구름 한 점 또한 얼마나 포근한지
노을이 가라앉아도
호롱불은 밤을 밝히고
별들도 충분히 빛나지 않는가

소국

막 핀 小菊을 보면 찡하다.
녹음의 조심스러운 첫 이별

손수건을 얼룩지게 하고
급류타는 시간을 잠시 거꾸로 흐르게 한다.

서리와 함께 할 미래를 짐작하고
애틋하여 감싸고픈 꽃,

바람 불면 사그라질 촛불도
광활한 어둠을 무력하게 만드는 것처럼   。

小菊은
가냘픈 몸으로도 가을을 떠받들고
사랑하고 있었다

수평선에 대한 고찰

수평선은
하늘과 바다의 끝일 수도
시작일 수도 있겠다

수평선은
하늘과 바다가 만나는 것으로
헤어지는 것일 수 있겠다

우리가
끝으로
만남으로 보는 것은

삶의 긴 여행길
목적지 다가 갈수록
이별의 짐을
더하고 싶지 않아서겠지

해바라기

임 떠난 자리에서 고개 숙였습니다.
밤 별 헤아리다 이슬 맺혔지요.

새벽을 걷고
새 노을 가르고 오실 때
담넘어 발걸음 소리 고대하였지요.
사립문 여닫을 때 가슴 뛰었습니다.

주황색 얼굴 검게 태워도
오직 바라만 보던 얼굴

임이시여
찬바람 불어옵니다.
서리가 대지를 덮습니다

부름 따라
몸이 뒤틀리고 부서진 채 땅으로 향해도.
원망하지 않습니다

임만 보면 행복하였던 바라기니까요

비와 너

비와 익숙하였던
길을 나선다

지난 발자국 따라
걷고 싶은 것은
창문의 비 퍼짐 탓일 것이다.

너를 담으려
스케치하면 여백은 비

물감으로 칠하면
선 흐린 얼굴

네가 남긴 온기가 점차 식어
실루엣되어 비쳐도

비 내리면
여전히 너는 내 앞에서 걷고 있다

다시 불을 지핍니다

아궁이에서
솔가지가 타고 있습니다

타오르던 열기와
남는 재는 고통이었습니다.

고요를 찾기 위해
수많은 시간을
눈물로 끄고 씻었습니다.

다시 불씨를 튕기면 타올랐지만
곧 그을림으로 뒤덮혔습니다

그것이 싫어
남은 불씨마저 끄자 밤과 함께
장작은 말라갔습니다

등지지 말아야 할 시간 앞에서
진정 소중한 것 위해 필연적인
불꽃과
그을음이란 것을

다시 성냥을 긋자
어두운 가슴을
밝혀주기 위해 타오릅니다

지난 아픔

먼지 쌓인 책
갈피에 끼워둔 네 잎 클로버는
지난 풋내 풍기듯

쌓인 기억들 틈에서
꺼낸 상흔

세찬 바람도 지나면
느낌만 남은
산들바람 같은 것을

어찌
그리 아팠던가

그대는 별이었다

어둠이 충분히 가라앉아야
빛나는 별
그대가 그랬지

밤하늘 화폭 삼아
색연필로 칠해도
뭉그러지는 무채색의 그대였기에

각혈로 보냈어도
고독과
시간은
피의 흔적을 지워버렸다

햇살이 만들어
햇살과 사라지는 그대
그대는 여전히 별이었다

누군가에게 꽃 한 송이 받는다면

누군가 국화 한 송이 준다면
고운 마음 헤아려 받으리다

소국이어도,
활짝 핀 국화이어도
하늘거리는 들국화도 좋다.

계절의 유산을
몸으로 받쳐 피웠기에
쉼터로 가는 모든 것을 위로해 주는 꽃

탈색을
스스로 받아들여
고개 숙여 받으리다

꽃그늘

하얀 담장 고개 내민 장미들
오월의 햇살과 만든
그늘도 참 어여쁘다

누구누구는 좋아한데요
담벽의 낙서로 남아 있었던 이름

툭하면 토라져
숱한 그늘을 만들다 지웠지

흔들리는 장미들
같이 흔들리는 꽃그늘

꽃 모양 그대로 지지 않고
연두색 크레파스만 닳은 채 남아 있다

잊지 않을게

널 잊지 않을게
가슴에서 옹달샘 되었잖아

펜을 드리워
노트에 쓰다 보니
물 자국 흐릿한 낙서가 되었거든

훗날
어떤 뜻이든
말라도 옹달샘 있었던 것은
기억되겠지

민들레 당신

나무 밑둥
당신의 자취

티 없이 고왔던 얼굴
분치장할 듯 홀씨이고

별 무리진 밤안개 젖어 추울까
나려앉는 빛 가닥 모다 모아 안으셨나요

보듬어
오는 바람 마주 서 다 보내고
애 끓어
꽃대마저 태우는가요

당신 할머니
당신 어머니의 이야기처럼
흔적을 더듬으려

빈 몸으로 하늘만 바라보다
흰 구름 의지하고 가시나요
떠나가시나요

민들레
민들레 당신

능소화

이끼 낀
벽돌담 철조망을
몸으로 감아 고개 내밀고
바깥세상과 첫 입맞춤.

검은 기적 소리 귀기울이며
하늘 향해 타오르다
소나기 등쌀에 몽우리 떨어져
철로에서 이별하면

반쯤 지워진 빨간 루주
주홍색 얼굴.
가엾어
가엾어
가을도 옆으로 앉기 주저한다.

오월의 장미

이슬이 불꽃되어 남긴 피멍을
질 푸르게
덧칠하던 이른 아침

양미간 솜털을 막 가셔낸
아씨가
반 나신 드러낸 채 춤을 춘다

가시끝 스친 젖가슴
봉곳 솟은 핏물이 치맛자락 물들면

애처로워
입맞춤하다 흘린 눈물
눈물

장미는
오월의 장미는 피어난다

안녕 잘 지내니?

눈 오는 거리에서
문득 전화하고 싶은 사람 있어

"안녕 잘 지내니?"
안부 묻는다면

눈 맞으며
우리 그랬지 하고
지난 이야기를 스스럼없이 나눌 수 있다면

이왕이면
눈 쌓인 바닷가
가지런한 발자국을
함께 남겼던 사람이라면 좋을 것 같아

내 곁을 왜 떠났는지
묻지 않고
"안녕, 잘 지내…"
끝인사 할 수 있는 사람이 있다면

풍경화

화가의 붓끝에서
옹기종기 초가집 몇 채와
높았던 나무의 까치집

희끗희끗 여울물과
능수버들 걸쳐 산들바람 그려지고
동생 손 꼭 잡아
징검다리 건너는 누이
아! 누이

화폭 넘은 듯 푸릇한 보리밭
뭉게구름 그림자 지면

젖은 평화는
팔레트의 물감에서 망울망울 진다

벽

하늘과 바다가 만나는 곳
수평선

하늘과 땅이 만나는 곳
지평선

땅과 바다가 만나는 곳
해안선

서로 만난 듯
서로 등을 지듯
둘 사이에 선을 두는 것은

사랑이 육체란 벽을 가지고 있어서지

무녀

붉은 관모 흰 두건
치마춤 다소곳이 움켜지고
청 두루마기 앳된 여인.

무명천 허공에 나풀나풀
살 땀 모시 저고리 번져도

무령소리 어여쁜 임
너울 구름 노을 띤 강가에서 어이어이 부른다

구름되어 갔던 삶
티끌 같은 미련을 움켜쥘 듯 놓아주며
엮어 맺힌 恨일랑 함께 서럽다

타올라라
타올라라
혼을 사르는 꽃불이여

솟대를 아우르고 훨훨 흰나비처럼
한 여인아

누군가 그리워하는 글을 보면

그리워하는 글을 보면
나도 다시 그리워하고 싶다

들꽃 한 송이 꺾어 주었던 시절부터
무지개 좇아 떠난
지순한 기다림까지

지난 사연이 모닥불되어
다시 타오르면
가슴을 출렁이는 인연들

이슬되어 증발됐던
그들의 흔적을 얼마나 슬퍼했던가

노을과 태우고 남은 재를
날려 보내고
그런 사랑을 했다고 기억하고 싶다

회상

비 내리는 바닷가.
찻집 유리창마다 뽀얀 김 서리면
손끝으로 썼던 이름

물선이
몽글몽글 바다를 흐트리고
너와 나 사이의 유리 벽
흘러내리는 비

빈 커피잔마다
파도소리 채워가고
비 내음 풍겨
비 같은 너를 부르다
빗소리를 마저 채운다

꽃내리

지는 꽃잎을 좋아했습니다
산들바람 안고 눈보라 되는
꽃잎들을 좋아했습니다.

시샘 추위의 기억을 털어내고
대지를 채색하다
파란 하늘 획 그으며 떨어집니다

숱한 인연들과 이별하지만
뒤돌아보며 안타까워하지 않습니다.
기억될까 손도 흔들지 않습니다.

자신의 본분을 다하고
뒹구는 그들은
봄날의 꽃잎들입니다.

타종식

노을 질 무렵
산사에서 타종한다
부딪힐 때마다 아파
속 울음을 길게 내는 범종

무수한 나뭇잎과 부딪혀
메아리치면
산은 거대한 종이 된다

연이은 구름들도 타종한다
산 깃든 소리를 내뱉으면

안의 고뇌를 깨어내고
채워지는
울림
울림
따르는 고요…

기다리는 마음

별똥별들이 간간히 떨어지는 밤
내 깊은 곳은 호수가 되었소
그대 그림자라도 담을까 호수가 되었소.

향하는 제 뜻을 아신다면
매어둔 나룻배로 건너와 주오.
밤 하얗게 헹구며
노 젓는 소리만 기다리겠소

행여 오시다
호수가 말랐을까 걱정 말아요
이 세상에 존재하는 한
그리움은 젖어 강으로 흘러 고이리다

수평선 너머 가시어도
눈 어린 물빛을 생각나신다면
언제든 되 오세요.
오직 그대만의 호수가 되어 기다리겠소

열 아홉 살 때

나비가 들꽃에 머물다 날아간다
멋모르고 핀 꽃 봉오리와
첫 날개짓

우리 열 아홉 살도 그랬을까

귓가에 들꽃 꽂고
갈래머리
감꽃 같았던 여자아이

편지지 여백의
번진 잉크는
첫 외로움 이였거든

누런 보리밭도
싹 틔우고 구름 그림자를 못 잊는 것처럼
설렘이 된 너는
늘 열 아홉 소녀이겠지

그래도 꽃을 피운다

보도블록 틈 잡초가
꽃을 내민다
익숙한 공간의 이질적인 눈길을
개의치 않는다

이끄는 바람과 뿌리내려
때가 될 때까지
누구도 머물지 않아
자연스러운 무관심

바닥에 낮춰 피웠다
밟혀도 원망을 모른다
꽃 몽우리 작아도 향까지 당당하게 풍겨
사랑스럽다
더 사랑스럽다

추억

빈소라 껍데기가
바닷소리 들려 주는 것을
추억이라 하자
얼마나 비워야 느껴질까

살아왔던 색을 채운 것을
추억이라 하자
얼마나
하늘을 닮고
산을 닮아야
담담하게 색깔대로 이야기할까

조개껍데기에 바다가 담긴다
작게도 담긴다
겪었던 사연도 닳으면
눈물 한 방울이겠지

어느 별 아이였을까

풀밭에서 부시시 잠 깬 아이
낮달 시냇물 비추자
이슬 풀 끝 꿰고
바지런히 토끼풀 엮는다

까까머리 까뭇까뭇 흰버짐
멋 쩍은 듯 물 적시고
나뭇잎 실려 가만히 보냈지

반달 타고 온다 했지
손 잡고 어디든 가자 했지
물 비친 달이라 같이 못 타는 거니

밥 짓는 연기 초가지붕 감싸자
저물녘 노을속으로 돌아가는 아이

어느 별 아이여서 기다림이 예쁠까
어디 별 아이여서 사랑도…

꽃을 꺾지 말자

꽃을 꺾지 말자
풀밭에서
울타리에서 혼자 빛나는 존재
한 사람 위한 것은 가혹하다

가시를 품어 도도하여도
지나면 지나는 대로
흔들면 흔드는 대로
피워야 피웠어도 뉘에게 눈길을 주지 않았다

묵묵히 시간을 품어
주름진 골따라
아침 맺힌 이슬 굴러간다
검버섯 더 엮어도 나비 한 마리 머물다 간다

저버려도 꽃이다
흔적까지 꽃이다

비

너를 통해 바라보던 세상은
환희였다

네가 떠나고 사람들은
어디 아프냐 묻는다
아니다 해도
물 어린 눈빛만은 감추지 못한다

비 내리면
사람들은 안다
빗물로 바라보면 수척하다는 것을
빗물 묻으면 굴곡돼 보인다는 것을

간직한 빗물에
수척한 듯
가라 앉은 듯 보여도

비 탓으로 핑계될까
오늘도 비를 기다린다

비와 우산

사랑을 채우려다
대신 채워지는 것은 눈물

사랑을 비우려다
더 채워지는 것도 눈물

사랑을 하면
젖어들고
사랑을 했어도
젖어들고

사랑은 비와 우산일거야

비를 피하려 펼쳐도
전해지는 빗소리는
피하지 못하거든

시를 쓰고 싶다

파도가 하얗게 깔리는 밤
한 편의 시를 쓰고 싶다
가슴에 맺힌 사연을 남기고 싶다

사무치게 그리워하여도
되돌릴 수 없는 사연들

오늘도 밤 기차는 기적 소리와 떠나고
해변의 가로등 아득히 찍힌 발자국은
회상을 손짓한다

파도가 수평선 나직한 별들을 날라와
포말로 사그러질까 안타까워
언덕배기 기찻길 한풀의 억새가 되어
젖은 시를 쓰고 싶다

누군가 기다린다면

누군가 기다려 본 적 있는가
첫눈 올 때
전화벨만 울리길 기다린 적 있던가
식은 찻잔 입가 대며 출입구만
바라본 적 있던가

기다리는 것은 외로운 일이다
만날 수 없는 사람이라면
더욱 그렇다

스스로 고통을 만들어 감내 말고
눈물에 가두어 같이 떨구자
파도도 만들어
찍힌 발자국도 하나씩 지우자

오지 않을 사람 기다린다면
감정없이 기다림만 간직하자
그 사람 위해
애써 꽃이 될 이유 없다

바다는 한가지 소리만 낸다

이기영 시집

초판 1쇄 : 2015년 7월 6일

지 은 이 : 이기영

펴 낸 이 : 김락호

디자인 편집 : 이은희

기 획 : 시사랑음악사랑

인 쇄 : 청룡

연 락 처 : 1899-1341

홈페이지 주소 : www.poemmusic.net

E-Mail : poemarts@hanmail.net

정가 : 10,000원

ISBN : 979-11-86373-10-1